全彩色
故事書
3

魔女宅急便

原作 角野栄子 監督 宮崎 駿

東販出版

在這個故事裡出現的人們

琪琪

琪琪是一個剛滿13歲的小魔女。

雖然她是個魔女，但懂的魔法並不多，只會騎掃帚在天上飛而已。爲了成爲一個有本事的魔女，她必須離開故鄉，到另一個城市去磨練自己。

琪琪的爸爸

吉吉

吉吉是一隻公貓，也是13歲。

按照習俗，魔女家中生下女兒時，家人會找來一隻同一天出生的黑色公貓，將小貓和女嬰一起撫養長大。如此一來，這隻貓和小小魔女就能溝通講話了。

琪琪的媽媽

她是一位魔女，不只能在天飛，也懂得用魔法做藥。

在琪琪的故鄉小鎮，她爲鎮民們製作各式各樣的藥品，並以此維生。

麵包店的老闆

索娜

琪琪所借住的麵包店的老闆娘。她的肚子裡有小寶寶，就快要出生了。

蜻蜓

他是一個 13 歲的少年，夢想著飛到天上去。

藍屋頂洋房的老奶奶

管家婆婆

烏爾絲拉

畫家。一個人住在森林的小木屋裡，靠著畫圖維生。

琪琪是一個十三歲的小魔女。就在今天晚上，琪琪和她的小黑貓吉吉即將結伴去旅行。

凡是魔女，長到了十三歲時，就要選一個滿月的夜晚，離開自己的故鄉，踏上修行之旅。

這是魔女世家訂下的規矩，目的是爲了磨練小魔女的本領——在未來的一年中，她得到遙遠的城市，靠自己的力量生活。

琪琪踏上旅程

爲了這一天，琪琪的媽媽早就替她縫製了一套黑色的魔女服。

「爲什麼是黑色的呢？我喜歡粉紅色。黑貓配上黑衣服，全都黑黑的。」

琪琪有點兒不滿意，便向媽媽埋怨了起來。

「琪琪，妳別這麼在意外表嘛！內心才是最重要的呀。還有，妳要隨時保持笑容，別忘記喔。」

換好了新衣服，琪琪跑去給爸爸看，她最喜歡爸爸了。

「爸爸，把我舉高高，就像小時候那樣。」

「好——」

爸爸將琪琪舉得高高的說：

「哇，妳什麼時候長得這麼大了⋯⋯

希望妳能找到一個好城市。」

「嗯！」

啓程的時候到了。有好多鄰居都來爲她送行。

「我出發囉——！」

琪琪向大家道別，接著就跨上了她的掃帚。

掃帚輕輕的浮了起來，離地飄著……然後咻——的飛上天，飛得好高。

「要往哪裡飛啊？」吉吉問。

「往南邊，我想要到一個看得見海的地方！」

前方一定有美好的事在等著我！想到今後即將展開的新生活，琪琪覺得好興奮。

但他們卻遇上了麻煩。

先是下雨，接著是打雷。

那天晚上刮起了一場暴風雨。

琪琪看見一輛
載貨的火車，
趕緊逃進去躲雨。
鏘噹、
喀咚。
火車載著琪琪
和吉吉，
奔馳了一整夜。
第二天，天亮了。
「吉吉，是海！海耶！」
向著清晨的海洋，
琪琪又坐上了掃帚起飛。

「你看！有一個浮在海上的城市。」

琪琪看著那座城市，覺得它好耀眼。

那是一個熱鬧的大城市。

匡噹——

匡噹——

她聽見鐘聲從城裡傳了出來。

「那是鐘塔耶。

我想要住在像這樣的城市裡。

好，就這麼決定。」

琪琪決定之後，就慢慢降落到那座城市。

「那是什麼？」

「哇啊，是魔女耶。」

看見騎在掃帚上的琪琪，人們都睜大了眼睛，好像覺得非常稀奇。

『要隨時保持笑容哦。』

想起媽媽的叮嚀，琪琪挺直了背脊，神氣的繼續往前飛。

但是，就在她輕巧的轉過街角時，眼前忽然出現一輛好大的公車。

「呀啊！」

琪琪嚇得趕快躲開，卻沒注意到自己飛到大馬路的中間去了。

嘰——嘰嘰——

在馬路上開車的人也都跟著緊急煞車，交通陷入一片混亂。

琪琪總算平安降落在街角，路人都目不轉睛的看著她。

琪琪好緊張，心跳得好快。

「我是魔女琪琪。我希望能在這個城市裡住下來。」

她鼓足了勇氣，努力擺出笑容，但卻沒有人對她回以同樣的笑容。不只這樣，大家都像是怕惹麻煩似的，紛紛走開。

琪琪孤零零的站在原地。這時，有一個警察朝她走了過來。

「妳剛才在大街上到處亂飛，那是不可以的。」

「可是，我是魔女，魔女就是要飛的呀。」

「就算是魔女，也不能不遵守交通規則啊。」

就在這時，他們聽見有人大叫：

「小偷！小偷！」

「妳留在這裡別走。」

警察先生朝喊叫聲的方向跑去。

琪琪趕緊趁機溜走。

城裡的人
這麼冷淡，
又挨警察
先生的罵……

琪琪一個勁兒的往前走，
腳步又急又快，想要趕走心裡
這股不愉快的感覺。
這時，有個騎著腳踏車的少年
來到她的身旁。
「喂、喂，剛才那一招
不賴吧？大喊抓小偷的人
就是我哦。
我叫做蜻蜓。」

蜻蜓沒發現琪琪的心情正差，仍舊滔滔不絕的對她說話，好像彼此很熟似的。

「妳不是魔女嗎？我剛剛看見妳在飛。喂，妳的掃帚可以借我看一下嗎？」

琪琪停下腳步，狠狠的瞪著蜻蜓。

「謝謝你剛才幫了我。但是，我可不記得自己有求你幫忙過！而且，你這麼對一個不認識的女孩子說話，很沒禮貌耶。」

琪琪和吉吉在城裡到處亂走，逛了一整天。可是，都沒有任何一個人留意到他們。

琪琪走累了，就靠在一處矮牆邊，眺望著這座城市。

陌生城市的黃昏，看起來特別的寂寥。

「再去找別的城市吧，一定有更好的城市的。」吉吉這麼說。

話才剛說完，路旁的麵包店就跑出了一個挺著大肚子的女人。她是那家麵包店的老闆娘。

老闆娘跑到琪琪的身旁，手裡舉著一個奶嘴，拉開嗓門喊著：

「太太——妳的東西忘了！」

遠遠的，有個女人正推著嬰兒車，車裡面坐著一個小寶寶。

「這下可糟了⋯⋯要是沒有了這奶嘴，那孩子一定會哭鬧的。」

老闆娘拿著那個奶嘴，嘆了一口氣。

琪琪聽見後，不由自主的出聲問她：

「請問，妳願不願意讓我把奶嘴送去呢？是給那個推著嬰兒車的人，對不對？」

老闆娘有點吃驚的看著琪琪，想了一下後，她微微一笑。

「好呀，那就拜託妳了，不好意思。」

哇啊！

「不客氣。」

琪琪接過奶嘴後，爬到矮牆上頭，然後跨上她的掃帚。

「吉吉，走吧！」

說完，他們就飛了出去。

老闆娘好驚訝。

送完奶嘴，老闆娘爲了答謝琪琪，就請琪琪進去店裡喝茶。琪琪把今天遇到的事情説給老闆娘聽。

「這個城裡的人，好像不太喜歡魔女。」

聽到琪琪的話，老闆娘笑了起來。

「這是一個大城市嘛，當然住著各式各樣的人呀……不過，我就很喜歡妳喔。

要是妳沒有地方可去，我家還有一個空房間就讓妳住，好不好？」

「眞的嗎？老闆娘。」

琪琪一聽，眼睛都亮了起來。

「啊哈哈，別叫我老闆娘啦！這一帶的鄰居都管我叫麵包店的索娜。」

「我叫琪琪！這是黑貓吉吉。」

之後，索娜就領著琪琪和吉吉來到閣樓。

閣樓好像已經很多年沒有人用過了。

屋子裡暗暗的，到處都鋪了一層白粉。

「怎麼都是麵粉。」

吉吉把腳掌翻起來，看著變白的腳底。

「我看到了明天，我恐怕就變成白貓了。」

就這樣，他們結束了在新城市的第一天。

月光隱隱約約的從窗口照了進來。

「我決定在這個城裡多待一陣子。也許，這裡還會有別的人，會像索娜那樣喜歡我……」

琪琪悄悄的自言自語。

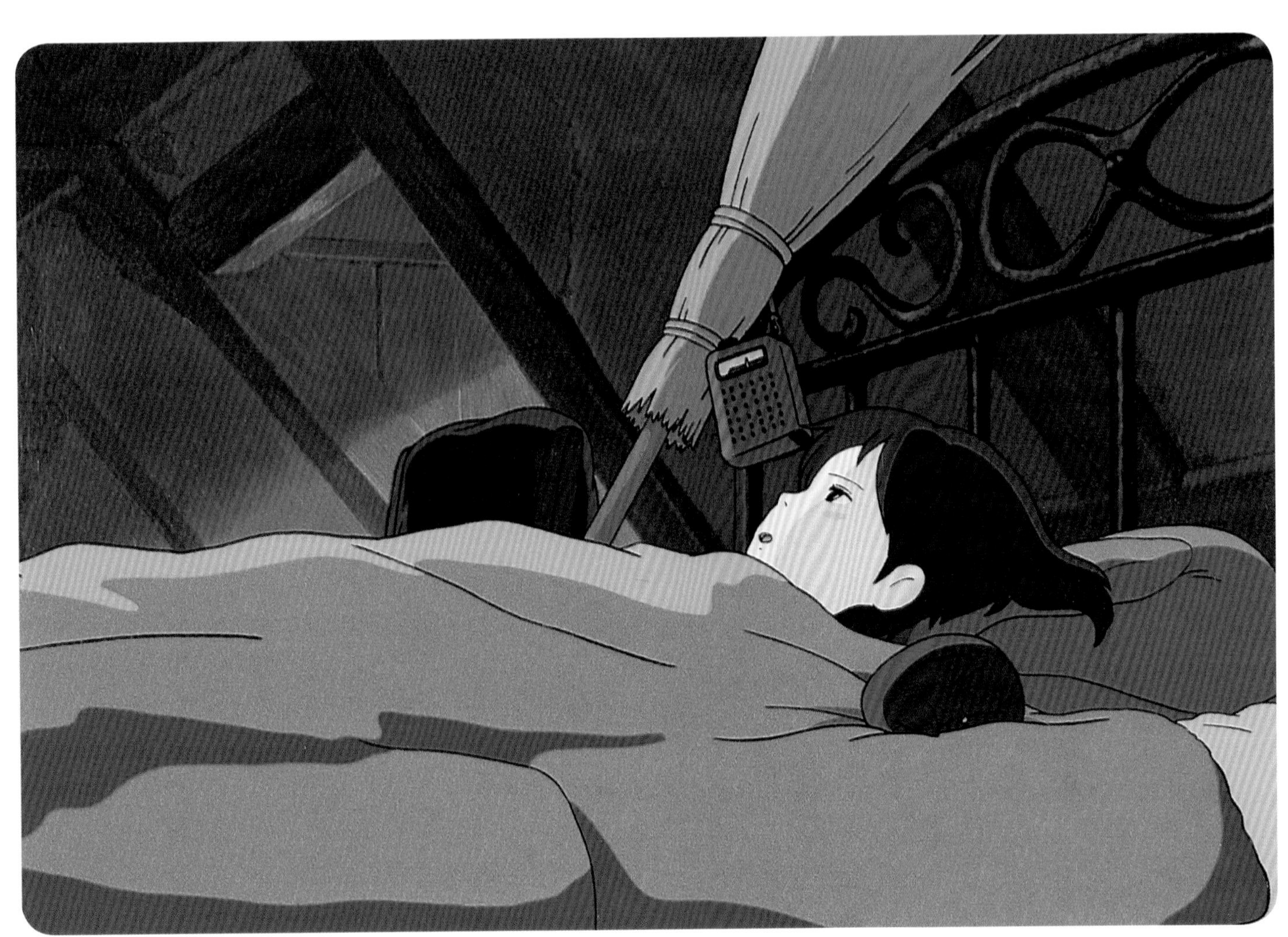

飛天宅急便

「早安——」

第二天早上，琪琪起床時，索娜和她的丈夫已經在麵包坊工作了。

每個早晨，是麵包店最忙的時候。

琪琪立刻加入幫忙的行列。

「我想要開始工作，幫人跑腿、送東西。」

琪琪一面搬運烤好的麵包，一面這麼說。

「我不會別的魔法，只會飛而已。所以，我想我可以幫人送東西……」

「哇——會飛的快遞送貨員呀…很有意思呢！」

索娜十分地贊成。

「對了，妳可以用我們店裡的電話，要是妳願意順便替我看店的話，也是幫我們一個大忙。」

「哇——謝謝妳！我會努力工作的！」

很快的，當天下午就有生意上門了。

那是一位漂亮的女士。

「這是要給我姪兒的生日禮物，我想請妳幫我送過去。」

女客人拿出一個鳥籠來。鳥籠裡裝著一隻黑色的貓布偶。

貓布偶的模樣和吉吉一模一樣。

「好的，請問您要送到哪裡去呢？」

琪琪打開地圖，女客人看了之後，伸出手指頭，指著城外的山崖。

「有一點兒遠呢……不知道能不能趕在太陽下山前送到？」

「可以的，沒有問題！」

琪琪大聲點頭說道。

這是琪琪接到的第一個工作，她充滿了幹勁。

「吉吉，
我喜歡上這個
城市了！」
飛得高一點，
高一點、更高一點！
騎著掃帚，琪琪
越飛越高。

呼——！

突然刮來一陣強風，

把琪琪連人帶掃帚的

吹得翻了好幾個觔斗。

「啊，鳥籠！」

琪琪死命

抓緊掃帚，

俯衝直下，

總算追到了！

但還沒來得及喘息，她卻衝過頭，整個人跌進了森林裡。

「嘎——嘎——」

一隻烏鴉在她眼前生氣地叫著。

琪琪往旁邊一看，竟然發現了一窩蛋！

「對不起、對不起！我不是來偷蛋的。」

琪琪慌張的飛出森林。

啊，嚇死人了……

但是，就在她剛剛鬆一口氣的時候——

「琪琪！禮物不見了！」吉吉叫了起來。籠子裡的布偶竟然不見了。

「糟了！一定是掉出去了！」

琪琪好著急，立刻掉頭，往樹叢飛去。沒想到，一看見她回來，烏鴉們全都一齊大叫。

「嘎——嘎——」

烏鴉們很不高興，

好像是在說：

〝偷鳥蛋的賊又來了〞。

「嘎——嘎——」

被烏鴉們追著啄，琪琪只好

趕緊逃跑。

「這下子，只好等到天黑

以後再偷偷來找了。」

吉吉看著琪琪

說。

「可是，
這樣會
趕不上我
答應客人的
時間……
好吧，
只好用最後
一招了！」
琪琪像是下定了決心，
認眞的看著吉吉。
「吉吉，拜託你充當一下那布偶……
等我找到眞正的布偶，
我就會馬上去救你出來的。」

接著，琪琪全速衝刺，不一會兒就看到了一戶人家。

「是那一家嗎？」吉吉不安的問。

「嗯，你不能動哦。」

「那呼吸呢？」

「盡量不要呼吸。」

琪琪心裡好緊張，她降落到了地面。

按捺著心跳，她按了玄關的門鈴，結果一個小男孩跳了出來。

「是小阿姨的禮物！」小男孩一把抓過鳥籠，急著往裡面看。

吉吉動都不敢動，努力裝成一隻布偶。

「媽媽，我可不可以把金絲雀移到這個新的鳥籠裡？」

小男孩粗魯的抓著吉吉的尾巴，把牠從籠子裡拉了出來。

糟糕！吉吉會死掉。

琪琪請小男孩的媽媽簽名，表示貨品已經收到。然後，她急急忙忙的離開，去找尋眞正的貓布偶。

首先，她到烏鴉巢附近去找，但是都沒有找到。

「這下不妙了，應該是掉在這一帶的呀……」

天就快要黑了。得快點把吉吉救出來才行。琪琪在茂密的樹林裡來來回回的走著。

就在這時，她看見遠處有一棟小木屋。往木屋走近一看，坐在窗邊的，不就是那個黑貓布偶嗎？

而此時的吉吉，則遇上了非常緊急的情況。

因爲，這一戶人家養了一隻很大很大的狗。

「琪琪，快來救我呀。」

小男孩把吉吉丟在地上就不管了，

現在吉吉緊張得滿身大汗。

因爲，大狗抽動著鼻子，正朝著吉吉慢慢走近。

大狗的臉就在吉吉的眼前，而且貼得好近好近、好近。

完蛋了！

吉吉害怕得閉起了眼睛。

沒想到，大狗伸出舌頭，舔了舔吉吉的臉，並在旁邊趴了下來……看起來就好像是在保護吉吉似的。

咦……怎麼會這樣？

吉吉瞪大了眼睛，眨了又眨。

琪琪發現的小木屋裡，住著一位畫家・烏爾絲拉。她正在屋頂上畫圖，身旁還圍了一群烏鴉。

「呃……那個窗臺上的布娃娃……」

琪琪小心翼翼的問道。

烏爾絲拉頭也沒抬，便回答：

「是我剛剛在森林裡撿到的。」

於是，琪琪趕緊把之前發生的事情說給她聽。

「哇——十三歲就出來自立啊……真不錯，我很欣賞這種作風呢。」

烏爾絲拉邊說邊把黑貓布偶還給了她。

「下次有空，記得要再來我家玩喔！」

「謝謝妳。」

琪琪立刻趕去救吉吉。

太陽已經下山，天色也完全黑了。琪琪悄悄的往屋裡張望，不一會兒，就看到吉吉衝了出來。

「琪琪！」

「吉吉！對不起，我來晚了。」

琪琪緊緊的抱住吉吉。

「是牠救我出來的。牠還說，他可以幫我們把布偶送進去。」

琪琪往吉吉所說的方向看去，見到一隻大狗坐在那裡。

琪琪就走到大狗的面前，把布偶拿出來。

「可以麻煩你幫忙嗎？」

於是大狗叼著布偶，慢慢的、一步一步往屋子裡走了進去。

「好，我們回家吧。」

琪琪和吉吉飛上了夜空。

星星在他們的頭上閃爍，

腳下則是一片城市的燈火。

「我肚子餓了……。」

吉吉嘀咕說。

「就是呀，我也累垮

了……

不過，

我覺得

今天很棒

喔。」

*魔女琪琪快遞

回到麵包店時，琪琪看到店門口的櫥窗，掛著一個用麵包做成的招牌。那是麵包店的老闆特地爲琪琪烤的。

第一個朋友

某一天的午後。
琪琪一面看店、
一面嘆氣。
「一個客人也沒有……
我都沒事可做。」
說著說著，她打了一個
大呵欠。
就在這時，電話響了。
「喂——您好。」
琪琪接起電話之後，
表情立刻變得開朗起來。

原來，那是客人打來的電話，要請琪琪送東西。

「好的，藍色的屋頂是嗎？是，我一定會送到的。」

就在琪琪
爲出門在做
準備時，
蜻蜓來了。
他就是上次
那個冒失的男生！
琪琪不想理他，嘟著嘴不說
話，但蜻蜓卻還是笑瞇瞇的。
「今天，我們的社團要開派對。
那是一個飛行社團，希望妳也能
一起來玩。
來，這是邀請函。」
（邀請函？）

琪琪忍不住往蜻蜓遞出來的信封瞄了一眼。

「晚上六點鐘，我會來接妳。」

蜻蜓回去之後，琪琪便大呼小叫的跑去找索娜。

「索娜——！怎麼辦!?有人邀請我去派對玩耶！」

「那不是很棒嗎？妳就去呀。」索娜笑呵呵的說。

琪琪得先把工作做完。

她來到有藍色屋頂的洋房。

在管家婆婆的帶路下，琪琪來到廚房，看見一個面容慈祥的老奶奶。

「哎呀，眞是個可愛的小魔女。

不過眞可惜呀……我家的烤箱壞了，本來想請妳送去的派，現在不能烤了。

我孫女家裡在開派對，我想送一個現烤的派過去給她……不過，沒辦法，只好算了。」

老奶奶的臉上雖然微笑著，但看起來卻有一點難過……琪琪心想，沒有別的方法了嗎……？

忽然，琪琪注意到牆上有個老舊的烤爐。

「老夫人，我們用那個烤爐來烤派吧！我可以幫妳的忙。」

琪琪馬上大展身手，她的手腳非常俐落。這種老式的烤爐，她故鄉的家裡也有一個。先把木柴放進去，然後點火……不快一點的話，就要六點鐘了。

琪琪按捺住焦急的情緒依照媽媽教過的步驟烤派。

好了，香噴噴的派出爐了。

就快要六點鐘了。將熱呼呼的派裝進提籃裡，琪琪馬上飛上天空。

而這時候的天空，竟佈滿了烏雲，像是快要下雨了。

「剛才天氣還那麼好，現在卻……」

琪琪看著天空，加快了速度。

果然，不一會兒，雨滴就落下來了。

「先找個地方躲雨吧。」吉吉說。

可是，琪琪並沒有放慢速度。

「不行！那樣就來不及了！而且，派也會冷掉的。」

琪琪用自己的裙子蓋住那個派，避免讓雨淋到。

終於，他們來到了目的地。

她在大門口拉響門鈴，不久就有一個穿著晚禮服的女孩子出來應門。

「這是要送給府上的。」琪琪笑著把提籃遞出去。女孩子朝籃子瞄了一眼，不耐的說：

「奶奶眞是的，每次都只會弄這個，我就是不愛吃這種派呀！」

她心不甘情不願的接過籃子之後，便用力的把大門關上。

那是我費了好一番工夫才送去的，我是那麼努力的送東西……

雖然已經過了六點鐘，琪琪卻提不起勁趕時間了。飛到家附近時，她看見蜻蜓正準備離開的身影。

「琪琪！是那個男孩子，妳現在叫他還來得及唷！」

儘管吉吉對她這麼吼道，

但琪琪

卻只是

悶聲不吭。

看見琪琪回來時全身都淋濕了，索娜於是問她：

「琪琪，妳沒有遇到那個男孩子嗎？他等妳等了好久呢。」

「不用了，沒關係……反正我這樣也去不成了。」

說完，琪琪爬上她的閣樓房間，就這麼鑽進被窩裡去了。

第二天早上，琪琪發起了高燒。

昨晚，她沒有換掉濕衣服，也沒有弄乾頭髮，所以著涼了。

她覺得身體好熱，頭好痛。若是以前，這種時候，都有媽媽在身旁……

琪琪覺得好孤單、好害怕，眼淚都快掉下來了。

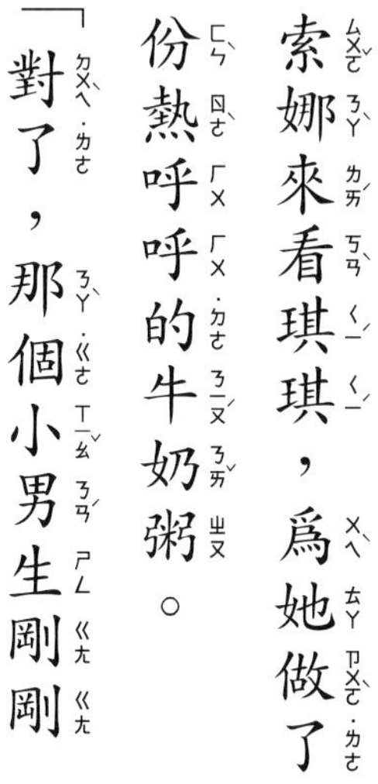

索娜來看琪琪，爲她做了一份熱呼呼的牛奶粥。

「對了，那個小男生剛剛有來店裡。我說妳生病了，他好擔心呢。

妳一定是太累了才會感冒的。

來，把粥喝了，好好的睡一覺吧。」

過了幾天，琪琪總算恢復了健康。

「琪琪，我想請妳把這一包東西送給一個叫做柯普力的人，一定要交給他本人哦——」

索娜對琪琪這麼說。

吉吉出去約會了。

送貨的地點不遠，琪琪決定自己一個人走路過去。

來到送貨地址時，琪琪嚇了一跳，原來柯普力就是蜻蜓。

這是索娜特地安排的，好讓琪琪跟蜻蜓有機會可以見面。

「上次我失約了，對不起。」琪琪鼓起了勇氣向他道歉，蜻蜓笑咪咪的說：

「不會啦，妳要在雨中幫人送貨，才辛苦呢。」

「對了，
妳來一下。」
聽蜻蜓
這麼說後，
琪琪跟著他
走了過去，
她看見一輛裝著螺旋槳的
腳踏車。
「那天舉辦的，其實是這東
西的慶功宴。裝上機翼之後，
它就是一架人力飛機了！
當然囉，駕駛員是我。」
蜻蜓騎上腳踏車，開始踩動
踏板。

螺旋槳很大，要讓它轉動非常的吃力。蜻蜓的臉都紅了，可見他踩得有多麼用力。

看見他一心一意的想飛到天上去，琪琪也覺得很有意思。

「對了，我們去看飛船吧。」

蜻蜓提議道。

「飛船？」

「是新聞說的，現在有一艘飛船臨時迫降在海邊。」

咻嗚——！腳踏車載著蜻蜓和琪琪，輕快的從斜坡道滑下，速度越來越快，沿著濱海大道一直往前跑。

「你說的飛船就是那個吧！」

就在這時，彎道的對面突然出現一輛汽車！

「哇啊——
要撞上了！」
蜻蜓把腳踏車的龍頭
用力一轉，腳踏車竟然
輕飄了起來。

「飛起來啦——！」

不過，他們只飛了
一下下而已，螺旋槳就
鬆脫掉了出去。

咻——咚！鏘——！

他們兩人被摔到了
公園的草地上。

天啊——好可怕……

驚魂甫定的琪琪，不知怎的，突然覺得好滑稽，於是哈哈大笑起來。

她覺得自己很久沒有笑得這麼痛快了。

兩個人
坐在草地上
一面看著
飛船，
一面聊天。

「聽說那艘
飛船要繞行世界一周喔。」

「哦——」

「琪琪，妳會在天上飛，
我好羨慕喔。」

「不過，在天上飛，也未必
都是好玩的。」

「不過，那是只有妳才辦
得到的事不是嗎？」

「我對自己有點沒信心。不過，幸好有跟你來到這裡散心。謝謝你，蜻蜓，你這個人挺不錯的呢。」

「哎呀，妳現在才發現啊？」

兩人看著對方，笑了起來。

就在這時。

「喂——蜻蜓！」

聽見有人呼喚，他們轉頭一看，只見一輛汽車停在那兒。

上次送派過去的那戶人家的女孩子，也坐在那輛車子上面。

「大新聞、大新聞喔！聽說飛船裡面開放讓人去參觀耶！」

車上的女孩們這麼說。

「眞的？」

蜻蜓一聽就站起來，大步往汽車的方向跑去。

「琪琪，妳也一起來吧。」

然後他回過頭，大聲向琪琪喊著，卻看到琪琪板起了臉孔。

「不用了，我不去！」

「怎麼了？妳在生什麼氣呀？」

蜻蜓睜大眼睛。

「我才沒有生氣，我還有工作要做。」

說完，琪琪就轉身離開，頭也不回的走掉了。

琪琪不會飛了

回到家裡，琪琪的心情並沒有變好，反而越來越不平靜。

「吉吉，我到底是怎麼了？難得交到了一個朋友呀……

那個坦率又開朗的琪琪，不知道跑到哪裡去了。」

吉吉盯著琪琪的臉看，只叫了一聲「喵～」，就跑到外頭去了。

到了傍晚，吉吉回來了。

「吉吉，你跑到哪裡去了？晚飯都要冷掉了呀。」

雖然琪琪生氣了，吉吉卻只會回答『喵～』。

「吉吉，你怎麼都不說話了？來，叫我的名字看看。」

吉吉什麼也沒說，就又跑到屋外去了。

這是怎麼回事？
我聽不懂吉吉說的話……
不會吧！琪琪驚覺不妙，
緊張的跨上掃帚。
飛不起來！
她焦急的再試一次，
卻還是飛不起來。

琪琪匆匆的跑到屋外。
先助跑，再跳起來；
助跑，跳起來……
她在山坡上一再的嘗試，
卻也一再跌到地上。
試到後來，她竟然不小心
把掃帚弄斷了。

第二天一早，琪琪把自己不會飛了的事情告訴索娜。

「我的魔法變得好弱。大概要休息一陣子才能再幫別人送東西了……」

「可是，魔法的力量應該還會恢復吧？」索娜問琪琪。

琪琪說：

「我不知道。掃帚還可以重新做，可是……」

「我還在磨練期，要是就這麼失去了魔法的話……那我就變得一無是處了。」

就在這時候，天空中出現了那艘飛船。她看見有人在窗邊不停的揮著手。

那也許是蜻蜓吧。

琪琪懷著消沉的心情，看著那艘飛船。

日子就這樣過去了。

有一天，烏爾絲拉來到麵包店看她。

「哇…歡迎歡迎。」

「妳好嗎？工作順不順利？」

聽她這麼問，琪琪難過的低下頭去。

聽完琪琪的話，烏爾絲拉就說：「哦——原來有這種事啊……怪不得妳看起來無精打彩的。」

這樣好了，妳來我的小木屋玩吧！」

在烏爾絲拉的邀約下，琪琪就跟著出門了。

平常都是騎掃帚出門的琪琪，今天是頭一次搭公車。

下了公車之後，她們往森林裡走。走了一會兒，就看見了那棟小木屋。

走進木屋，琪琪呆住了。她看見屋子裡擺著一幅很大很大的畫。

那幅畫看起來好像還沒有畫完，琪琪卻像是被吸引了似的，不由自主的往畫布走去。

「好漂亮……。」

烏爾絲拉聽了，就說：

「上次遇見妳之後，我就想要畫這個。」

她一面說，一面注視著自己的畫。畫布的正中央，有一張少女的側臉。

「這是我嗎？」

琪琪吃驚的看著烏爾絲拉。

「來，妳坐在這兒，當我的模特兒。」

烏爾絲拉以琪琪爲模特兒，開始畫畫。

——那一天，她們聊了很多事情，一直聊到了深夜。

「妳們的這種魔法，好像不必唸什麼咒語是吧？」烏爾絲拉問。琪琪點了點頭說：「嗯，是血緣。天生就能飛的。」

「魔女的血緣啊……聽起來不錯呢。我喜歡這種說法。

魔女的血緣、畫家的血緣……這些都是神明賜給我們的力量哦。」

琪琪大顯威風！

第二天。

琪琪覺得心情好一點了。

回家之前，她打了通電話給索娜。

索娜說，藍屋頂洋房的老奶奶曾經打電話來找她。

琪琪立刻跑到老奶奶家去…她到的時候，老奶奶正在看電視。

「歡迎妳來。

上次的事，

多虧有妳幫忙，謝謝妳。聽說那艘飛船今天就要離開了，全城都爲了這件事而鬧哄哄的。」

說完，老奶奶指著一個白色的紙盒，對琪琪說：

「琪琪，妳把那個盒子打開來看看。」

琪琪打開紙盒，大吃一驚。

紙盒裡面裝的是一個漂亮的蛋糕！

看見琪琪滿臉驚訝，老奶奶露出了淘氣的神情。

「這一次我想麻煩妳，幫我把這蛋糕送給一個叫做琪琪的女孩。上回她幫了我一個大忙，我想要答謝她。還有，也要請妳順便幫我問問她的生日……等她過生日時，我想再烤一個蛋糕送給她。」

琪琪目不轉睛的看著老奶奶

慈祥的笑容。

她太高興了，忍不住想哭。

琪琪擦掉眼眶的淚水，開心的笑了起來。

「我想……我想那個女孩一定也很想知道老奶奶的生日，因爲想著要送什麼生日禮物給人，就是一件很快樂的事！」

這時候，電視機裡傳來新聞播報員激動的聲音。

「不好了！剛才突然刮起了一陣強風，把固定飛船的纜繩給吹斷了！」

琪琪跑到電視機前，看見畫面中的飛船頭下腳上的豎在半空中。

飛船的固定纜繩還有一條沒斷，很多人攀在繩子上，想要幫忙拉住飛船。

然而，人類的力量不夠大，終究無法拉住飛船。

飛船拖著纜繩離地，往空中浮去，繩子下面還吊著一個少年。

啊！那是蜻蜓！

「那個男生是我的朋友呀！」

琪琪趕緊往屋外衝，用她最快的速度跑了起來。

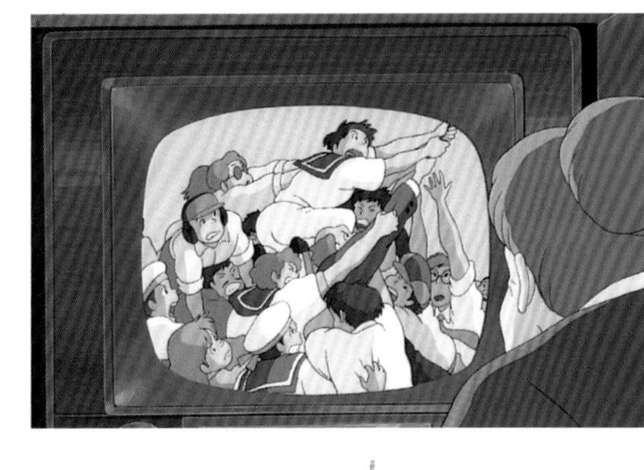

飛船搖搖盪盪，
被風吹向了市中心。
蜻蜓呢？蜻蜓沒事吧？
琪琪仰頭看著天上的飛船，
仍然一個勁兒的往前跑。
跑著跑著，她已經累得
上氣不接下氣。

琪琪停在路邊休息喘氣，眼前剛好走來一位拿著長柄洗地刷的大叔。

琪琪看著大叔手裡的長柄刷，靈機一動，抬起頭來問道：

「大叔！請你把這刷子借給我好嗎？」

琪琪跨坐在長柄刷的桿子上，定下心來，讓自己的精神集中。

這一刻，她的腦子裡只想著要飛起來。

琪琪的身旁開始捲起氣流，風聲呼呼的響起。

啪！的一聲，長柄刷的刷毛突然張開，慢慢的、慢慢的，往上浮了起來。

「飛呀！」

話才說完，長柄刷就往上衝去。

蜻蜓，我馬上就來！
可是長柄刷卻不怎麼聽話，
一會兒高、一會兒低的，
讓琪琪在半空中飛得很不穩。
「給我好好的飛！」
琪琪用雙手雙腳努力制住
長柄刷，拚命的往前飛。
轟隆——！
飛船撞上
了鐘樓，
開始往旁邊
倒下去。

再快一點！

「蜻蜓！」

琪琪總算飛到了飛船的旁邊。她立刻向蜻蜓伸出手去。

「琪琪！」

蜻蜓勉強伸出一隻手，很努力的想抓住琪琪的手，可是長柄刷飛得很不穩，被風吹得一會兒左、一會兒右。蜻蜓的手麻了，沒辦法再抓牢纜繩，甚至開始一寸一寸的往下滑。

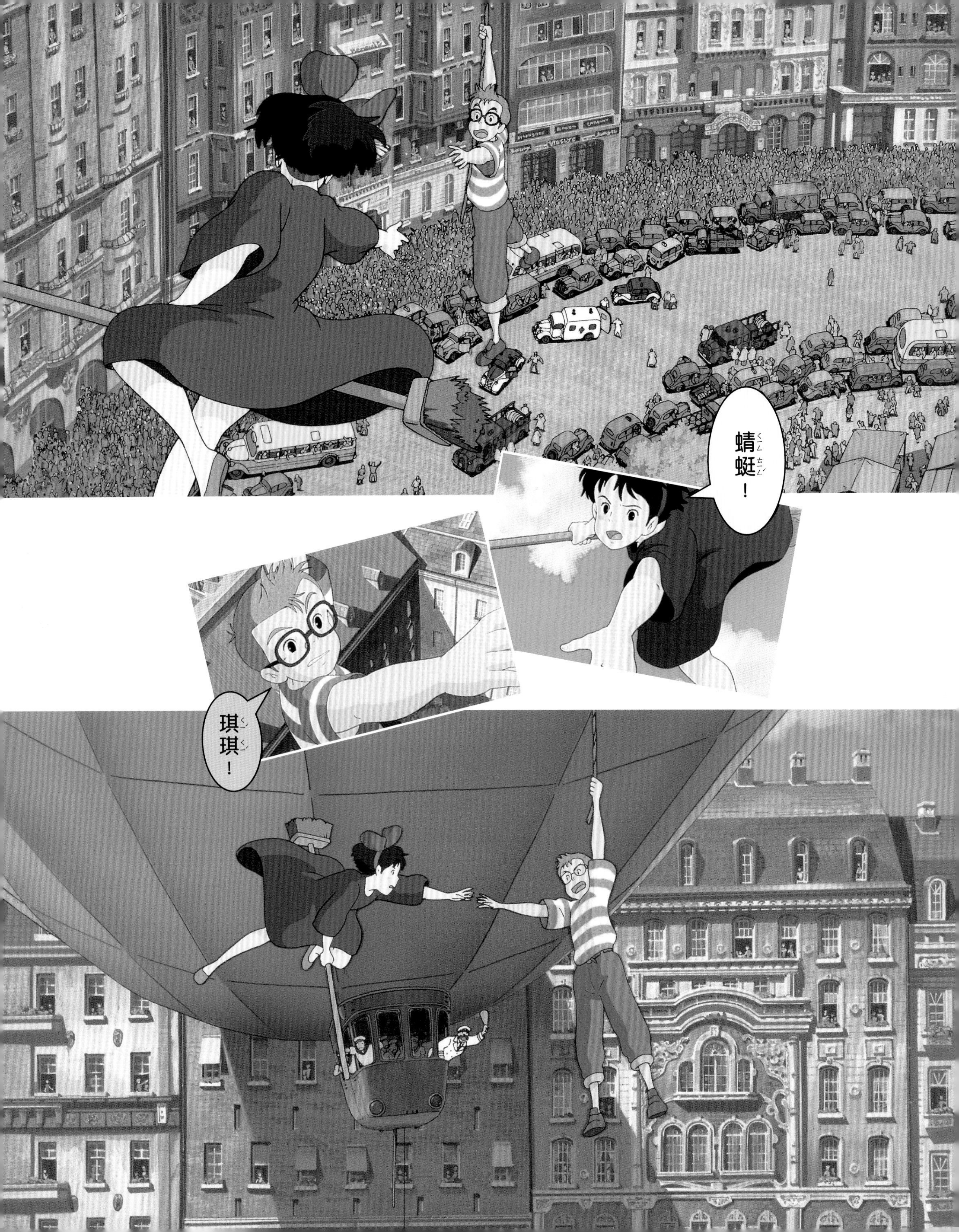
蜻蜓！
琪琪！

啊！

蜻蜓終於摔了下去！琪琪急忙向下俯衝，趕去追蜻蜓。她伸長了手，抓到了蜻蜓的手。

「耶——！」
地面傳來熱烈的歡呼聲。他們兩人緩緩的往地面降落。

那支刷子是我借給她的哦。
了不起呀——琪琪，做得真好。

不知什麼時候，
吉吉跑到身邊來了。
「喵——」
雖然吉吉說的話，琪琪還是
聽不懂。
不過，沒關係，就算言語
不通，吉吉仍然是自己的
好朋友。
琪琪一面想、
一面微微笑著，
她覺得自己
又長大了
一點。

琪琪寫了一封信，寄給家鄉的爸爸和媽媽。

『雖然有些事情讓我難過，但我依然喜歡這個城市。』

（完）

經典名作全在這裡!!

小朋們最愛的
宮崎駿
全彩色故事書
溫馨上市囉!!

精美、大幅的圖畫加上淺顯易懂的
文字敘述搭配注音，以精裝的故事繪本出書，
讓孩子們能更輕鬆地閱讀宮崎駿的經典名作!!

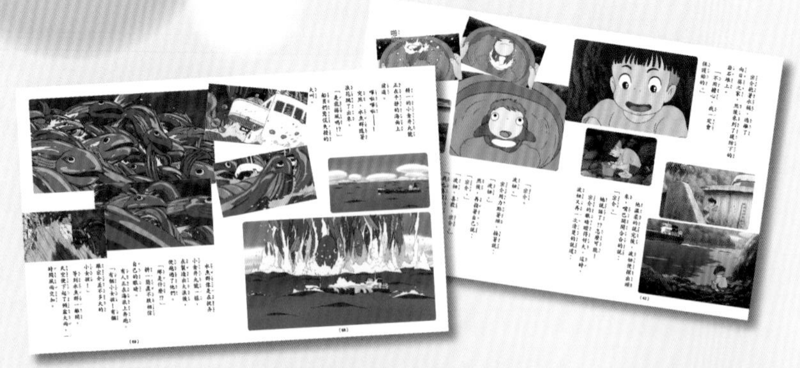

在平靜的大海裡，一隻生活在深海裡的幼魚·波妞偷溜到外面的世界，遇到了五歲的人類小男孩·宗介。喜歡宗介的波妞想變成人類，但…她能如願嗎？這是一個關於愛與勇氣的溫馨故事……經過幾年沉甸，宮崎大師再度出發，期許自己製作出一部連五歲孩子也能融入其中的動畫。

崖上の波妞（港譯名：崖上の波兒）
原作・腳本・監督：宮崎駿
全1冊　定價：NT$450/HK$128

龍貓
原作：宮崎駿
全1冊　定價：NT$420/HK$128

為了生病的媽媽，就讀小學四年級的小月和四歲的小梅和爸爸一起搬進了郊外的一間老房子。在那裡，小梅意外地遇見了一種奇怪的生物，她將其取名為·龍貓。有一天，思念媽媽的小梅決定自己去醫院探望媽媽，卻在途中迷路了，焦急的姊姊小月決定拜託大龍貓幫忙……

魔女宅急便
原作：角野栄子　監督：宮崎駿
全1冊　定價：NT$420/HK$128

小魔女琪琪已滿13歲了，按照古老的傳統，她必須離開家鄉展開魔女的修行旅行。她選了一個靠海的美麗城市為落腳之地，並在好心的麵包店老闆娘那住了下來。由於她只會唯一的魔法——飛行，於是她便當起了「快遞員」，幫城裡的人們運送東西。但工作卻不太順利、遇到了許多麻煩……

預定
6月出版

天空之城
原作：宮崎駿
全1冊　定價：NT$420/HK$128

少年巴魯救了從天而降的希達，希達因為擁有天空之城·拉普達王位繼承人信物——飛行石而遭到追捕。雖然暫時逃過一劫，但最後還是為軍方所獲，巴魯為了救出希達，兩人於是乎開始踏上找尋天空之城的旅途……

好書
一波接一波
您絕不能
錯過！

想知道台灣東販的出書訊息，請上網查詢
http://www.tohan.com.tw/

最值得珍藏的吉卜力

完整重現電影情節
對話的全彩色FILM COMICS

龍貓　全4冊
定價：各冊NT$150/HK$48

魔女宅急便　全4冊
各冊定價：NT$150/HK$48

天空之城　全4冊
各冊定價：NT$150/HK$48

風之谷　全1冊
各冊定價：NT$150/HK$48

紅豬（港譯名：飛天紅豬俠）
全4冊　各冊定價：NT$150/HK$48

魔法公主（港譯名：幽靈公主）
全5冊　各冊定價：NT$150/HK$48

貓の報恩　全4冊
各冊定價：NT$150/HK$48

神隱少女（港譯名：千與千尋）
全5冊　各冊定價：NT$150/HK$48

霍爾の移動城堡
（港譯名：哈爾移動城堡）
全4冊　各冊定價：NT$150/HK$48

地海戰記（港譯名：地海傳說）
全4冊　各冊定價：NT$150/HK$48

崖上の波妞
（港譯名：崖上の波兒）
全4冊　各冊定價：NT$160/HK$48

帶您一窺
動畫製作過程祕辛
的設定集

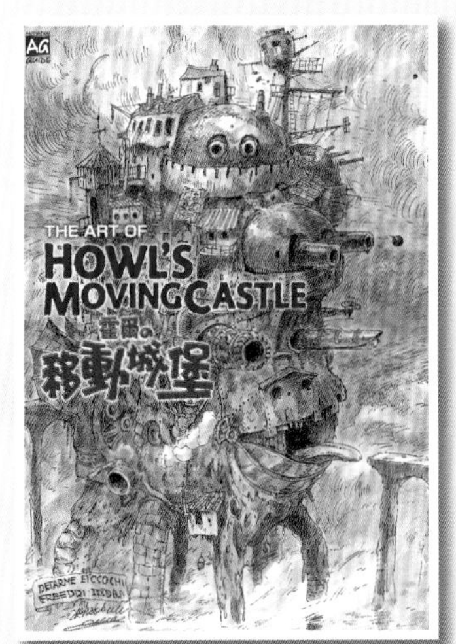

THE ART OF HOWL'S MOVING CASTLE
霍爾の移動城堡
全1冊　定價：NT$680/HK$188

THE ART OF
TALES from EARTHSEA
地海戰記

東販出版

THE ART OF TALES from EARTHSEA
地海戰記
全1冊　定價：NT$680/HK$188

THE ART OF
Ponyo on the Cliff by the Sea
崖上の波妞

THE ART OF Ponyo on the Cliff by the Sea
崖上の波妞
全1冊　定價：NT$700/HK$198

全彩色故事書 ③

魔女宅急便

2009年6月1日 初版第一刷發行
原著名：魔女の宅急便
原　作：角野栄子
監　督：宮崎 駿
譯　者：章澤儀
編　輯：劉沛涵
發行所：台灣東販股份有限公司
發行人：小宮秀之
新聞局登記字號：局版臺業字第4680號
地　址：105台北市松山區南京東路4段25號3樓
電　話：(02)2545-6277
傳　真：(02)2545-6273
郵政劃撥：14050494
總經銷：聯合發行股份有限公司
地　址：台北縣新店市寶橋路235巷6弄6號2樓
電　話：(02)2917-8022
傳　真：(02)2915-6275
法律顧問：北辰著作權事務所蕭雄淋律師
電　話：(02)2367-7575
香港總代理：萬里機構出版有限公司
電　話：2564-7511
傳　真：2565-5539

TOHAN

本書如有缺頁或裝訂錯誤，請寄回調換。
（台灣地區請寄至台灣東販，香港地區請寄至萬里機構）